A mis abuelos.
—N. P.

A mi yayo Hipólito y a los abuelos de Magalí.
—A. S.

© del texto: Núria Parera, 2015
© de las ilustraciones: Almudena Suárez, 2015
© de la edición: EDITORIAL JUVENTUD, S. A., 2015
Provença, 101 - 08029 Barcelona
info@editorialjuventud.es
www.editorialjuventud.es
Diseño y maquetación: Mercedes Romero

Primera edición, 2015

ISBN 978-84-261-4190-3

DL B 3216-2015

Núm. de edición de E. J.: 12.929

Printed in Spain
Grinver, Avda. Generalitat, 39, Sant Joan Despí (Barcelona)

Mi abuelo y yo

Texto de Núria Parera

Ilustraciones de Almudena Suárez

Editorial EJ Juventud

Provença, 101 – 08029 Barcelona

Mi abuelo Simón
me esconde **besos**
por todas partes.

Cada mañana,
al desayunar,
encuentro **uno**
debajo de la
servilleta.

Al salir al patio,
tengo **uno**
en cada bolsillo
de mi bata.

Cuando juego con mi tren
de madera, veo…

uno
en cada vagón.

Si vamos al parque,
juego a adivinar dónde ha escondido
el beso
más difícil...
de atrapar.

Yo también **le escondo besos.**
Entre las barcas le dejo el beso
más salado, y cuando tomamos
un helado, **el más dulce.**

Si el **escondite** es demasiado complicado, el abuelo me dibuja un **mapa** con **pistas**.

Me siento
como una pirata
en **busca** del
tesoro.

A menudo mi abuelo Simón se
confunde y olvida la calle en la
que vivimos. Pero nunca olvida darme
el beso de **buenas noches**.

Hoy se han llevado al **abuelo** al médico
porque ha olvidado qué hay que hacer
para no atragantarse cuando se come.

Como está en el hospital le he regalado
una **cajita de cartón** que he pintado yo misma.
Le gusta cómo dibujo los **leones**.

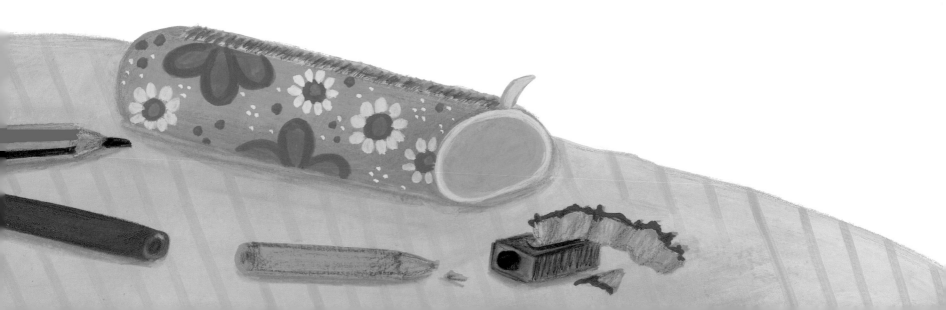

Le he escondido
un **beso** a **mamá**;
he escogido un sitio fácil,
para que **aprenda a jugar**.
Pero no ha tenido
tiempo de buscarlo.

Hoy mamá me ha dicho
que el abuelo Simón **no volverá**,
porque se le ha olvidado respirar.

El desayuno ya no me parece
tan rico y tampoco me apetece ir
al parque a jugar.

Creo que el **abuelo Simón** también se ha olvidado de mí.

Mamá me ha dicho
que el abuelo
me dejó un **regalo**:
lo guardó en la cajita
de los leones.

Al abrir la cajita, mamá
ha dicho extrañada:

«Solo hay un papel
con garabatos».

Yo he sonreído:

«¿No lo ves, mamá?
¡Es un mapa con pistas!».

Mamá y yo hemos buscado el beso del abuelo.

Está muy alto y solo puede verse de noche.

Es un **buen** escondite. **El mejor** de **todos.**